Vente du Lundi 25 Mars 1872

SALLE N° 5

MAGNIFIQUE

DÉCORATION

D'APPARTEMENT

Peinte par HONDEKOËTER

OBJETS D'ART

ET

D'AMEUBLEMENT

COMPOSANT

LA COLLECTION DE M. DE C***

EXPOSITIONS

PARTICULIERE	PUBLIQUE
Le Samedi 23 Mars 1872	Le Dimanche 24 Mars 1872

Mᵉ CHARLES OUDART, COMMISSAIRE-PRISEUR

M. ÉMILE BARRE, EXPERT

CONDITIONS DE LA VENTE

Elle sera faite au comptant.

Les acquéreurs payeront en sus de leur prix d'adjudication,
cinq centimes par franc, applicables aux frais.

Le Catalogue n'étant que l'expression de
l'opinion de l'expert, ne peut en aucun cas com-
porter de garantie.

L'Exposition mettant les adjudicataires à
même de se rendre compte de la nature et de
l'état des objets mis en vente, il ne sera admis
aucune réclamation une fois l'adjudication pro-
noncée.

CATALOGUE

D'UNE MAGNIFIQUE

DÉCORATION

D'APPARTEMENT

COMPOSÉE DE 7 PANNEAUX, SUJETS D'OISEAUX

Peints par HONDEKOËTER

ET DES

OBJETS D'ART

ET

D'AMEUBLEMENT

CONTADORES. — CRÉDENCES. — COMMODES. — TABLES. — CHAISES
FAUTEUILS, ETC. — PENDULES DES ÉPOQUES LOUIS XIII
LOUIS XIV, LOUIS XV ET LOUIS XVI
CHENETS. — LUSTRES. — GIRANDOLES. — APPLIQUES. — FLAMBEAUX
BEAUX GROUPES EN MARBRE BLANC (*dont un, Signé FALCONNET*)
TRÈS-BELLE TAPISSERIE DE LA RENAISSANCE
FAIENCES DE ROUEN
PORCELAINES DE LA CHINE, DU JAPON, DE SAXE ET AUTRES
GRANDS TAPIS DE PERSE ET DE TURQUIE
OBJETS DIVERS

PROVENANT DE LA COLLECTION DE M. DE C***

DONT LA VENTE AURA LIEU

HOTEL DROUOT, SALLE N° 5

Le Lundi 25 Mars 1872

A 2 HEURES 1/2

PAR LE MINISTÈRE DE Me **CHARLES OUDART**, COMMISSAIRE-PRISEUR
31, rue Le Peletier

ASSISTÉ DE **M. ÉMILE BARRE**, EXPERT, 20, Chaussée-d'Antin
Chez lesquels se délivre le présent Catalogue

EXPOSITIONS

PARTICULIÈRE	PUBLIQUE
Le Samedi 23 Mars 1872	Le Dimanche 24 Mars 1872

DÉSIGNATION

DÉCORATION

1. — Très-belle et importante décoration d'appartement, composée de sept panneaux, sujets d'oiseaux, peints par Hondekoeter.

2. — Deux dessus de porte dans des cadres en bois sculpté et doré, époque Louis XV, sujets de bouquets de fleurs et accessoires par Verbruggen.

TAPISSERIE, TAPIS

3. — Grande et belle tapisserie du xvie siècle, sujets de chasse, avec riche bordure décorée de figures.

4. — Très-grand tapis turc, fond rouge.

5. — Grand et beau tapis de Perse.

6. — Plusieurs belles pièces d'étoffes anciennes, ornées de belles broderies.

MEUBLES

7. — Commode en vieux laque, époque Louis XV.

8. — Deux encoignures en vieux laque, époque Louis XV.

> Ces trois meubles sont ornés de bronzes très-finement ciselés et portent le poinçon de CAFFIÉRI.

9. — Secrétaire en laque, époque Louis XVI. avec ornements en bronze.

10 — Petit meuble Henri II, en bois sculpté, à deux corps, supporté par des colonnettes, avec parties rehaussées d'or.

11. — Très-beau meuble à deux corps, en noyer, orné de marqueterie de nacre, d'ivoire et de cuivre, supporté par des colonnettes.

12. — Meuble de la Renaissance en marqueterie de bois de couleur, à deux corps: celui du bas supporté par des colonnettes et celui du haut formant cabinet.

13. — Très-joli meuble portugais, dit *Contador*, en marqueterie de bois ornée de bronzes découpés à jour.

14. — Autre meuble portugais, dit *Contador*.

15. — Table portugaise en palissandre, époque Louis XIII.

16. — Petit cabinet italien, du xvie siècle, en ébène, marqueté d'ivoire gravé, avec ornements en bronze.

17. — Six chaises italiennes. ornées de marqueterie d'ivoire gravé.

18. — Petite table italienne, ornée de marqueterie d'ivoire gravé.

19. — Six chaises Louis XIII, en ébène, avec marqueterie d'écaille et d'ivoire; décor de figures et d'oiseaux.

20. — Très-jolie petite table de même époque et du même travail.

21. — Commode Louis XIV, en bois des îles, avec ornements en bronze et mascarons sur les côtés.

22. — Très-jolie vitrine, style Louis XVI, en bois noir. ornée de bronzes, et supportée par huit pieds cannelés.

23. — Autre vitrine, semblable à la précédente.

24. — Écran en noyer sculpté, époque Louis XV, orné d'une broderie de soie.

25. — Deux beaux fauteuils Louis XIV, en bois sculpté et doré, recouvert en vieille tapisserie.

26. — Très-belle table de milieu en marqueterie de bois, à fleurs.

27. — Joli petit cabinet orné de marqueterie d'ivoire;
travail de la Renaissance.

28. — Coffret oriental en marqueterie de nacre et
d'écaille.

29. — Belle glace Louis XIV, dans un cadre en bois
sculpté.

30. — Petit bureau bonheur du jour, à coulisses, formant toilette; en bois de rose orné de bronzes
dorés, époque Louis XVI.

31. — Petite table formant bureau, en marqueterie à
damiers et bronze doré, époque Louis XVI.

32. — Jardinière en bois de rose, ornée de bronze,
époque Louis XVI.

33. — Deux petites encoignures Louis XV, en bois
des îles, avec dessus en marbre.

PENDULES, BRONZES

34. — Très-belle pendule Louis XIV, en marqueterie
de Boule; avec ornement en bronze doré,
cariatides et galerie fleurdelisée.

35. — Pendule rocaille, époque Louis XV, en bronze
doré, soutenue par des chimères; sur socle
également en bronze doré.

36. — Très-jolie pendule à cadran tournant en bronze
doré, formée par un vase et deux petits
Amours.

37. — Pendule Louis XVI, en marbre blanc et bronze
doré; figures de guerriers et attributs.

38. — Pendule Louis XIII, de fabrication anglaise, en
ébène et bronze, contenant un carillon.

39. — Pendule religieuse, en ébène, ornée de bronzes
argentés.

40. — Très-beaux chenets à vases, en bronze doré,
époque Louis XVI.

41. — Lanterne d'antichambre en bronze, époque
Louis XVI.

42. — Deux appliques en bronze, époque Louis XV,
ornées de cristaux de Bohême.

43. — Deux girandoles Louis XV, en bronze argenté,
ornées de plaques en cristal de Bohême.

44. — Cartel Louis XVI, en bronze doré, à guirlandes
de fleurs.

45. — Deux appliques, à trois lumières, également en
bronze doré.

46. — Chenets Louis XIV, en bronze, formés par des
lions accroupis.

47. — Deux jolis flambeaux Louis XIV, à médaillons
de figures, ornés de trophées d'armes et de
fleurs de lis.

48. — Deux candélabres, formés par des vases en porcelaine de Tournai, avec décors *d'après
Leprince,* et monture en bronze doré. .

49. — Très-belle paire de chenets Louis XVI, formés
par de grands vases, avec guirlandes de
chênes et mascarons formés par des têtes
de lions, bronze doré.

MARBRES

50. — Statuette en marbre blanc, *Nymphes se mirant
dans l'eau,* sur socle en marbre rouge
antique.

    Cette statuette est signée FALCONNET.

51. — Groupe en marbre blanc, de la fin du XVIe siècle :
Enfants jouant avec une chèvre.

52. — *Vénus et l'Amour ;* groupe en marbre blanc
époque Louis XIV.

53. — Charmant petit bas-relief, en terre cuite, par
Lemoine.

54. — Très-beau bas-relief en marbre, du XVe siècle,
représentant *la Mise au tombeau.*

FAIENCES DE ROUEN ET AUTRES

55. — Deux très-beaux cache-pots, en ancienne faïence de Rouen, décor polychrome, *de la plus belle qualité.*

56. — Petit vase à anses, en vieux rouen, décor chinois polychrome, à personnages, de la plus belle qualité ; montures en argent.

57. — Beau plat en faïence de Rouen, sur piédouche, décor polychrome rayonnant.

58. — Autre plat sur piédouche, en faïence de Rouen, décor bleu.

59. — Petit sucrier en faïence de Rouen, décor polychrome.

60. — Deux assiettes en faïence de Rouen, décor polychrome.

61. — Deux très-beaux vases, forme bouteille, en faïence de Delft, décor bleu, rouge et or.

62. — Très-grand et très-beau plat de la fabrique de *Cartelli,* décor de bataille, avec bordure ornée d'attributs et de trophées.

Pièce d'une dimension exceptionnelle.

63. — Plaque en faïence, de Cartelli.

64. — Deux potiches en faïence d'Urbino, avec médaillons de personnages.

PORCELAINES

65. — Deux grandes et magnifiques potiches en vieux japon, polychrome.

66. — Grand et beau plat en vieux japon, polychrome.

67. — Douze assiettes, vieux japon, décor polychrome, de la plus belle qualité.

68. — Douze assiettes, vieux chine, très-belle qualité.

69. — Quatre assiettes, vieux chine, bord à jour.

70. — Six assiettes, vieux japon, décor bleu, bordure à jour.

71. — Huit assiettes, vieux chine, décor d'oiseaux et de poissons.

72. — Quatre assiettes diverses.

73. — Deux soupières et un légumier, avec leurs plateaux, en ancienne porcelaine de l'Inde, décor bleu, avec armoiries.

74. — Petit sucrier en porcelaine de Tournai, décor imitant le japon.

75. — Petit pot à lait, en porcelaine de Tournai.

76. — Deux très-jolis petits vases en porcelaine fond
bleu, ornés d'une riche monture en bronze
doré, époque Louis XVI.

77. — Porcelaine de Saxe, groupes et statuettes.

78. — Porcelaine de Sèvres, tasses.

OBJETS DIVERS

79. — Deux beaux vases cylindriques, en émail cloi-
sonné de la Chine.

80. — Très-joli éventail à médaillons; sujets pastoraux
d'après Boucher.

81. — Petit coffret en marqueterie d'ivoire teinte.

82. — Miniature Louis XV, cadre en argent doré.

83. — Petite miniature peinte par Charles Jacque.

84. — Sous ce numéro, les objets omis.

PARIS. — J. CLAYE, IMPRIMEUR, 7, RUE SAINT-BENOIT. — [593]